記憶拼圖

—— 藍色水銀、汶莎、765334　合著

天空數位圖書出版

目　錄

愛妳的舔狗

文：藍色水銀

壹：暗　戀

　　暗戀是痛苦的，偏偏許多人無法擺脫這種痛苦；暗戀也有快樂的時候，當她的一顰一笑映入眼簾，在面前不斷刺激大腦，還會在乎思念的痛苦嗎！？於是就在快樂與痛苦之間不斷煎熬，看是脫單成功？還是幻想破滅。

　　「振強，在想什麼？」一所高中的教室裡剛下課，有人衝向廁所，有人往走廊的欄杆上趴著，還有兩個在教室裡。

　　「振強？」他又叫了他一次，仍然無動於衷。

　　「什麼事？」他的衣服上繡著徐振強，另一人是楊德正，兩人是死黨，徐振強轉頭問。

　　「又在想許依珊了？」

　　「你怎麼知道？」

　　「這還用問！自從你跟她說過一次話以後，你就天天這樣，已經快兩個月了。」

　　「這麼久了？」

　　「我記得開學那天，從你第一眼見到她之後就魂不守舍，當時你就對她念念不忘，偶爾會想到她，沒想到幾個月後會是

這個樣子。」楊德正可說是徐振強肚子裡的蛔蟲，戳中了他的心事。

「我也不知道為什麼？不由自主的想起她。」徐振強雙手托著下巴看著黑板。

「你行動了嗎？」

「什麼行動？」

「表白啊！」楊德正眼睛瞪大了看著他。

「沒有。」徐振強面無表情且略帶睡意。

「那至少多多接近她、了解她，還有跟她聊天啊！」

「不知道啦！你很煩耶。」

「要不要我幫你？」

「別多管閒事啊！你自己還不是暗戀著鄭秋雨，而且還不敢讓我知道！」

「你怎麼知道這件事的？」楊德正驚訝地問。

「天機不可洩露。」

「你不說我就讓你的雞雞外露。」楊德正起身，假裝要脫他的褲子。

「別過來啊！我不想讓別人以為我是同性戀。」徐振強舉起手大聲阻止他。

「不玩就不玩，說真的，你覺得鄭秋雨漂亮嗎？」

「漂亮是漂亮！可是，她不是我的菜。」

「還好她不是你的菜，不然我們兩個就不再是朋友，而是情敵了。」

「情敵？你的情敵可多了，蠢蛋。」

「你罵誰蠢蛋？」楊德正心想，真的在罵自己嗎？

「你啊！」

「你怎麼這樣？」

「好吧！放學後，讓你一次就絕望。」

「絕望？」楊德正這下傻了，徐振強這話有點嚇人。

「不然呢？」

「有那麼嚴重嗎？」

「到時候你就知道！」

「趕快收書包，看戲去了。」才放學，徐振強說。

「催什麼啦？」楊德正問。

「讓你一次就絕望啊！」徐振強得意洋洋的樣子。

「她有男朋友了？」

「比這嚴重多了。」

「這麼糟？那別看了。」楊德正心想，該不會是在做那個？他的腦海中出現了鄭秋雨陪男人喝酒的畫面。

4

「看一下有什麼關係？」

「我還沒準備好。」

「準備什麼？面紙？濕紙巾？」徐振強嘴角微揚說。

「好啦！去就去，誰怕誰！」

「那就快走。」

「這裡是？」楊德正問。

「咖啡廳啊！」徐振強說。

「咖啡廳有什麼好看的？」

「等等你就知道！」

過了一會，鄭秋雨一身清涼的打扮，露出半個北半球、白色迷你裙、踩著紅色高跟鞋，扭腰擺臀地從兩人面前走進咖啡廳。

「是秋雨嗎？」楊德正揉了揉眼睛問。

「是啊！等著瞧吧！」

咖啡廳裡，鄭秋雨看了靠窗的位置，上面坐著一個中年男人，約五十歲，身材微胖，笑容有點猥褻，露出一口黑牙，不，是吃檳榔加抽煙形成的牙齒，牙縫還有一點的檳榔渣。

「先生，等人嗎？」鄭秋雨故意彎腰讓胸部露更多。

「等妳啊！」

「去那裡？」

「賀的路。」即 HOTEL，旅館。

「磨的路好嗎？」即 MOTEL，汽車旅館。

「當然好。」

「有車嗎？」

「有！」

「可以先付錢嗎？」

「多少？」

「三萬。」

「這麼貴？」

「我是高中生，一個月兼差沒幾次的，不是那種時時刻刻都在忙的雞。」

「兩萬好嗎？」

「兩萬五。」

「兩萬三。」

「成交，把錢交給櫃台，我們就可以走了。」

男人起身，點了鈔票交給櫃台，摟著鄭秋雨的腰，一起走出咖啡廳，上了一台黑色的寶馬。

「看到了嗎？」徐振強還看著車子駛離，卻不知身旁的楊德正已經淚流滿面。

「哭什麼啦？長痛不如短痛。」

「哇～」楊德正放聲大哭，沒想到自己的女神竟然在援交，而且這麼醜的對象也做，他徹底崩潰了。

徐振強陪著楊德正到河堤上發呆了好久，直到天黑，直到晚上九點，那是他們補習班下課的時間，徐振強好不容易才把楊德正拉起來，並把他拉著走，深怕他會跌倒。

貳：表　白

第二天的教室裡，角色似乎互換了。

「在想什麼？還再想昨天的事嗎？」徐振強問。

「對啊！沒想到她竟然是這樣的女人。」

「本來我也不相信的，剛好有一次去裡面等一個朋友，剛好她走過我身邊，然後跟一個六十多歲的老頭走了，那時候我才知道。」

「老頭？多久以前的事？」楊德正一臉疑惑。

「應該快一年了。」

「什麼？一～年～了～」這下楊德正又崩潰了，他顫抖地說完後面那三個字。

「對啊！去年聖誕節前一晚。」

「別說了！從現在起，三天別跟我說話，讓我一個人靜一靜。」

「好啊！耳根可以清靜幾天了。」

「哼！」楊德正心裡雖然不高興，但還好徐振強戳破了他的幻想，才不至於越陷越深，直到無法自拔。

「許依珊，有空聊聊嗎？」徐振強聽了楊德正的話，在放學後攔住許依珊。

「給你三分鐘。」許依珊看了手機上的時間說。

「才三分鐘？」

「還有兩分五十秒。」

「別這樣嘛！」

「你到底想說什麼？我真的有事。」

「我很喜歡妳，我可以跟妳約會嗎？」

「不行。」

「為什麼？」

「因為我有男朋友了，再見。」

　　許依珊說完就往前跑，在三十公尺外，一個身高約一百八十的男生牽著她的手，漸漸遠去，而徐振強則是一臉錯愕，目送他們遠離。接著徐振強像隻喪家犬，垂頭喪氣地走向公車站，由於心情不佳，他錯過了下車的站牌，只好往回走了快一公里，這一公里的路，就像是十公里似的，怎麼走也走不到。

「聽說你昨天跟她表白了？」楊德正問。

「你怎麼知道？」徐振強驚訝地看著他。

「他說的啊！」楊德正比著第一排的同學。

「多嘴。」

「結果呢？她接受了嗎？」

「別提了。」

「快點說啦！」楊德正伸手搖他的肩膀。

「唉～出師不利啊！」

「到底怎樣了？」

徐振強一五一十的還原昨天的慘況。

「唉～同是情場淪落人。」楊德正也嘆了氣。

「呸！呸！呸！什麼情場淪落人？講什麼鬼東西啊？」

「我知道你現在很難過，過幾天就會好起來的。」

「要你管！」

「不管就不管，哼！」

之後的幾天，兩個死黨關係陷入冰點，這其實也不奇怪，兩人的暗戀，都以很糟的狀況收場，他們現在需要時間沖淡這一切所帶來的打擊。

參：渣男情敵

或許，上天是要給徐振強製造點機會吧！星期天，徐振強逛百貨公司的時候，遇到了情敵，但身邊的人不是許依珊，而是同校的另一個女孩。

「是他？還有謝怡婷？」徐振強自言自語道。

於是他跟在兩人後面，確定兩人摟摟抱抱，偶爾互相親吻對方，這才停止跟蹤，當然，他拍下了兩人牽手的背影，準備拿給許依珊看。

當他正要離去，卻看到更震撼的一幕，他的情敵竟然多了一個女伴，一邊牽一個，這下徐振強愣住了，於是他又開始跟蹤這三人，大包小包的買了不少東西後，來到停車場，他們上了一部白色賓士，記下號碼之後，他趕緊衝到停腳踏車的地方，打算繼續跟著，才開了一公里左右，車子駛進一家汽車旅館，氣喘如牛的徐振強，心情很複雜，說出來，可能會讓許依珊傷心，不說，將來的傷害也許更大，就在他猶豫不決的同時，許依珊在家裡撥出了電話。

　　「奇怪？怎麼不接，他明明答應我要陪我的。」她掛斷電話，自言自語道，心情自然是低落許多。

　　衝動的徐振強做了一件傻事，在汽車旅館外面等，然後攔車理論。

　　「下車！你給我下車！」徐振強大聲咆哮著。

　　「你好，我應該不認識你吧！請問有什麼事嗎？」沒想到這情敵文質彬彬的。

　　「你為什麼欺騙許依珊的感情？」

　　「你說 Sandy 啊？我們只是好朋友。」

　　「少來了，我明明看到你牽著她的手。」

　　「我想你一定是徐振強了，那天，是 Sandy 要求我牽他的手，故意氣你的，她不是我的女朋友，她們兩個才是。」情敵比著車上的兩個女孩。

　　「是這樣嗎？」

　　「不信的話，你可以自己去問 Sandy 啊！」

　　「我一定會問的。」徐振強氣呼呼的離去，卻不知道自己被騙了。

　　「晨星，那個人是誰啊？」車上，謝怡婷問情敵。

　　「他是妳的同學啊！叫做徐振強。」

「他為什麼攔你的車？」

「他以為 Sandy 也是我的女朋友，想罵我，但其實是 Sandy 不想理他，叫我演戲給他看嘛！誰知道這傢伙跟到這裡來了。」

「你是說許依珊嗎？」

「對啊！」

「沒事，我們走吧！」

但真相是晨星說謊，他不止是同時擁有三個女朋友，而且還經常上夜店，跟許多女孩發生一夜情，如果糾纏不清的，就會找別的女孩出來親熱，讓這糾纏者心碎而離開。

「等等，我可以問你幾件事嗎？」不遠處，徐振強被一個女孩攔住。

「有事嗎？」

「你認識吳晨星？」

「不認識。」

「那你為什麼攔他的車？」

徐振強一五一十的說了完整的經過，渣男真相即將被這個女孩公開。

「我想，你應該被他騙了，你說的女孩我見過，她確實跟吳晨星在一起，是他五個固定的性伴侶之一。」

「五個？固定的性伴侶？」徐振強這下傻了。

「沒錯，吳晨星是個渣男，因為家裡有錢，所以處處留情，加上很會說甜言蜜語，出手送禮物又大方，女孩很容易就被他騙了。」

「這下糟了，我該怎麼跟依珊解釋呢？」

「把她約出來，由我來說，這是我的電話。」她遞了一張名片，上面的名字是高向雲。

「萬一她不肯赴約呢？」徐振強低頭看著名片說。

「想辦法啊！蠢蛋，泡妞那有這麼簡單！」

肆：渣男情人

「晨星，昨天怎麼不接我電話？」許依珊撥出電話。

「家裡臨時有急事，不方便接。」但吳晨星是騙她的。

「那這個星期六可以陪我去新社花海嗎？」

「星期六？我看看行事曆，等等。」

「這麼忙啊？還用行事曆。」

「可以，星期六可以陪妳一整天。」半分鐘後。

「那就早上七點來接我。」

「這麼早？」

「晚一點不好停車，而且很熱嘛！」

「我懂了，就七點。」

「早啊！」吳晨星把車停在公園旁，許依珊開門坐下。

「吃過早餐沒有？」吳晨星問。

「沒有，我不吃。」

「這麼苗條還減肥嗎？」

「就是不吃才這麼瘦的。」

「那我買個早餐再出發喔！」

「嗯！」

「好漂亮喔！我們合照一張。」看著壯觀的花海，許依珊心花怒放，緊緊抱著吳晨星，用手機自拍，正當她要看照片的時候，發生了一件大事。

「吳晨星！」謝怡婷大叫。

「妳…怎麼也在這裡？」吳晨星心虛地回答。

「你敢騙我！」謝怡婷氣急敗壞的樣子，內心的火山就要爆發了。

「晨星，這到底是怎麼一回事？」許依珊一臉疑惑。

「這…」

「不用聽他解釋了，他是個花心的渣男。」謝怡婷先發制人，不讓吳晨星開口。

「是真的嗎？晨星。」許依珊看著他，吳晨星點點頭默認了，他慢慢走向停車場，留下錯愕的許依珊跟謝怡婷。

「謝怡婷，妳可以說清楚一點嗎？」許依珊問。

「沒什麼好說的，我們都被他騙了。」

「我不懂？」

「他很花心，這樣懂了嗎？」謝怡婷還在氣頭上，說話很大聲。

「我就是不懂，才請妳說清楚一點的。」

「妳可以去問徐振強啊！看上個星期天發生什麼事了？」

「關他什麼事？」

「本來是不關他的事，只不過我們跟吳晨星上汽車旅館的事，恰巧被他碰上了。」

「我們？」

「我跟她。」謝怡婷身邊的女孩微笑並揮手打招呼。

「妳越說我越糊塗了。」

「我們兩個女孩跟吳晨星去汽車旅館，懂了嗎？」

「怎麼可能？」

「信不信由妳，寶貝，我們走吧！」謝怡婷牽著身旁的女孩，非常親密的樣子。

不願相信真相的許依珊，氣沖沖的在下課時闖進了徐振強的教室。

「依珊，妳怎麼來了？」

「我有話問你。」

「你先出去外面啦！」徐振強推著楊德正。

「什麼事？」

「謝怡婷在星期天的時候，是不是跟我的男朋友去汽車旅館了？不，還有另一個女孩。」

「妳怎麼知道的？」

「為什麼不告訴我？」

「我…怕妳傷心。」

「放學後到麥當勞，把事情說清楚一點，好嗎？」

「好。」

「那就這樣了。」

「放學見。」

伍：盲目的愛

麥當勞的二樓，靠窗的位置，徐振強跟許依珊坐在那裡，旁邊還有許多同學，但許依珊不在乎誰在旁邊，她現在只想知道事情的來龍去脈。

「這麼說，是謝怡婷拆穿了他劈腿的事？」

「嗯！」

「可是謝怡婷不是同性戀嗎？怎麼會跟他在一起？」徐振強語出驚人。

「你也知道她是同性戀。」

「國小、國中都同校，大家都這麼說。」

「你確定當天除了謝怡婷，還有另一個女孩也在車上？」

「對啊！我把車攔下來了，我跟吳晨星說話的時候，謝怡婷還在車上跟她接吻。」

「我知道了，謝謝你。」

「妳不要緊吧？」

「沒事，我先走了。」

「我送妳回去。」

「不用了，我想靜一靜。」

「再見。」

從這天起，許依珊不再找吳晨星，卻常常約徐振強到麥當勞聊天，或是找他幫一些小忙，徐振強明知道許依珊只是把自己當備胎，卻甘之如飴，因為只要看到許依珊，那怕只是一秒鐘，他都是快樂的。

「戀愛了喔！」教室裡，楊德正說對了一半。

「沒有啊！」徐振強說。

「沒有？那你跟許依珊天天去麥當勞幹嘛？」

「多事，就聊天而已。」

「聊天？有那麼多可以聊嗎？」

「要你管。」

「不管就不管，上幾壘了？」

「不知所云。」

「牽手了嗎？」

「沒有！滿意了嗎！？」徐振強非常不悅地說。

「怎麼那麼遜啊？都一個月了。」

「拜託你，別這麼關心這件事，好嗎？」

「好！好！好！不提了，稀罕哩！」

「西漢？我還東漢哩！上歷史課喔！」

「不說了，她來了。」楊德正指著徐振強身後。

18

「怎麼了？」徐振強轉身看著許依珊，心跳加速，並撲通撲通地。

「放學後可以到我家一趟嗎？」

「當然可以。」

「要搬很重的東西喔！」

「沒問題，妳的事就是我的事啊！」

「那就麻煩你了。」許依珊說完便離開。

「還說沒有戀愛，妳的事就是我的事啊！」楊德正模仿徐振強的語氣。

「是不是兄弟？」

「當然是啊！」

「是就來幫忙搬東西。」

「蛤？好吧！為了兄弟，兩肋插刀，沒有怨言。」

「你剛剛沒聽到嗎？要搬很重的東西。」

「唉！誤交損友了。」

「你說誰損友？」

「說你啊！教室裡又沒有別人。」

「最多我請你吃一餐，可以嗎？」

「三餐。」

「趁火打劫啊？」

「不要就拉倒。」

「好啦！好啦！」

　　原來，許依珊家裡的舊電視要換了，那台重的要命的老電視必須丟掉，而電視櫃也因為尺寸不合需要汰舊換新，兄弟兩被叫去當苦力了。

　　「今天真的是謝謝兩位了。」許依珊的母親說。

　　「伯母，不用客氣了。」

　　「唉！自從依珊的父親走了，粗重的活都必須找人幫忙，真的很麻煩。」

　　「不麻煩，以後有什麼需要，儘管開口就是。」

　　「那怎麼好意思。」

　　「依珊的事就是我的事啊！」

　　「那我就不客氣了，留下來吃晚餐好嗎？」

　　「不了，我們還要去補習。」

　　「好吧！那你們小心騎車喔！再見。」

　　「再見。」許依珊沒有跟出來，只是揮手，這讓徐振強有些失落，原本他的期望是許依珊會抱著他，然後輕輕在臉頰上給他一個吻別。

「走啦！再想什麼？」楊德正搖了徐振強的肩膀。

「沒有。」

「魂都飛了，還嘴硬。」

「走啦！我請你吃飯。」

陸：默默付出

　　徐振強對的許依珊的愛，任誰都看得出來，當然也包括許依珊她自己，但她卻仍然不為所動，兩人的關係一直維持現狀，沒有進展，因為她並不愛徐振強，卻又不願意讓徐振強離開她，於是，徐振強的痛苦與快樂日復一日，卻始終得不到真正的關愛，那怕只是牽手或是擁抱。

　　半年過去，徐振強在許依珊心中仍然是隻舔狗而已，她會讓徐振強幫她買文具、跑腿、聊是非、問功課，但也只是如此而已，日子久了之後，有點彈性疲乏了，徐振強開始懷疑自己在許依珊心中的地位，但卻不敢說出口，深怕說了之後就再也沒有見面聊天的機會了，他陷入了掙扎之中，此時的他，像是下半身已經在流沙之中，隨時會滅頂卻無能為力，而讓他繼續向下沉的力量，全都來自許依珊，還有他的癡情，若不是如此，他早已脫離苦海，但可以救她的，恐怕也只是許依珊而已了。

「等等有空嗎？」許依珊在校園外的人行道上問。

「有啊！今天有什麼事？」

「去諾貝爾幫我買立可帶。」

「好啊！」看似平常的對話，對徐振強來說，卻有如錄影帶重播，只不過買的東西不一樣而已。

夜深人靜，徐振強拿出日記，寫下今天的事：這是依珊第五十七次找我幫忙，該繼續當她的舔狗？還是對自己狠一點，跟她攤牌，要嘛在一起？要嘛抱著楊德正哭？我該怎麼做呢？誰能給我答案。

愛情就是這樣，你愛的人不愛你、你愛的人愛的是別人、你愛的人討厭你、你愛的人根本不在乎你；有人愛你但你不愛他、有人愛你但你愛的是別人、有人愛你但你討厭他、有人愛你但你根本不在乎他。永遠不會有標準答案，因為時空不同就會有不同的結果。

「振強，晚上過來吃飯好嗎？」許依珊的母親撥電話給他，但這舉動實在有點怪，這是她第一次撥給他。

「許媽媽，怎麼了嗎？」

「過來再說，好嗎？」

「好啊！我等等就過去。」

「怎麼了？」楊德正問。

「許依珊的母親邀我吃晚餐。」

「我也要去。」

「她只邀請我而已，而且，她好像有話對我說。」

「那算了，補習班怎麼辦？」

「幫我請假啊！」

「說真的，許依珊怪怪的，你知道嗎？」

「什麼意思？」

「我昨天看到她跟渣男在街頭聊天。」

「真的假的？」

「你是我的好兄弟，我沒必要騙你，會不會是舊情復燃？」

「我也不知道。」

「唉～問世間情為何物。」

「你很多事耶！」

「我是為你好。」

「為我好就記得幫我請假，別讓補習班打電話到我家，不然啊！我會被禁足的。」

「這麼嚴重？那我一定會幫你的。」

「萬事拜託了。」

柒：傷人的擁吻

原來今天是許依珊的生日，兩手空空的徐振強到了許家後，又匆匆忙忙跑去買禮物，但他只是個窮學生，身上只有幾百元，於是跑到路邊攤，買了一副耳環。

「老闆娘，幫我推薦好嗎？這是她的照片。」

「還是學生啊！那要低調一點的。」

「好啊！」

「這副你覺得如何？」

「多少錢？」

「八百。」

「我只有三百。」徐振強面有難色。

「好，我知道了，這副呢？」

「不錯，就這副了，有包裝紙嗎？」

「要送人的？」

「生日。」

「我懂了！等我一下。」

徐振強將耳環收在書包內，匆匆再往許家去。

「都七點了，這丫頭怎麼還不回來？」

「電話打了，沒開機。」徐振強說。

「神神秘秘的，不等了，我們先吃吧！」

「這樣好嗎？」

「難道她十點回來，你也要等到十點？」

「喔！」

兩人一邊吃一邊聊，吃完之後，徐振強還幫忙收拾、洗碗，這讓許媽媽非常高興。

「振強，像你這麼乖的小孩很少了。」

「那裡，我只是覺得，不應該讓你這麼辛苦。」

「奇怪，已經快九點了，怎麼還沒回來？」

「許媽媽，我該回去了。」

「不多坐一會嗎？」

「不了，我還沒寫功課。」

「那就一邊寫一邊等啊！」

「這…」

「就這樣，我去切鳳梨。」

「好吧！」

時間一分一秒的過去，牆上的鐘已經走到晚上十點半，徐振強真的必須走了，只是他早幾分鐘或是晚幾分鐘走都沒事，偏偏這時走就遇上巨大的打擊。

約五十公尺外，好熟悉的車子，沒錯，正是渣男吳晨星的車，徐振強遠遠就看到許依珊，她下車之後又頻頻回頭，接著往回跑，打開車門上車，兩人在車上吻了一會，吳晨星的手甚至已經將許依珊的內衣都脫了，兩人只差還沒車震，這下徐振強傻了，默默地牽著腳踏車往前，當他經過吳晨星的車時，兩人正打得火熱，根本沒看到車外的狀況，而徐振強則是滴下了眼淚，他從未想過，回家的路是這麼漫長，喜歡的人竟然是這樣的女孩，他沒有擦眼淚，任淚水迷濛了雙眼，還有前方的路。

許依珊並未直接回家，而是在擁吻之後，跟吳晨星到了汽車旅館，其實這也不是他們第一次來了，打從兩人認識才幾天，他們就來過，之後也來了許多次，至於多少次，恐怕他們早就不記得了。

「我該回家了。」許依珊赤裸著身體，正在穿衣服。

「我送妳回去。」吳晨星躺在床上說。

「給我五百元，我搭計程車好了。」

「好吧！」但他不是拿出五百元，而是一疊鈔票，數了十張一千元的。

「不用這麼多。」

「拿著吧！我沒去買禮物，多的，自己去選一份禮物。」

「我走了。」吳晨星躺在床上，微笑揮手再見。

捌：絕　望

「可以幫我買一些文具嗎？」學校的教室裡，許依珊再度要求徐振強幫忙，但今天的狀況複雜多了。

「昨天晚上去那裡了？」

「同學家溫習功課啊！」許依珊說謊的時候，連眼睛都沒眨一下。

「昨天是妳生日，我跟妳媽媽在家等妳吃飯，等到十點多，妳又何必騙我。」

「我去那裡要你管。」許依珊情緒突然失控了。

「我知道妳去那裡了。」

「關你什麼事，我愛去那裡，就去那裡。」

「所以，妳不用考慮我的感受，繼續利用我對妳的愛。」

「我告訴你，我愛的人是吳晨星，不是徐振強。」許依珊大聲回答，但有人看不下去了。

「既然妳不愛他，為什麼老是來找他幫忙？」楊德正問。

「關你屁事！」但沒想到兩人竟異口同聲地回他。

「好，不關我的事，我滾就是了，被人賣了，還幫她數鈔票，沒救了。」楊德正拍拍屁股，離開教室。

「所以，妳還愛著吳晨星？」

「我高興愛誰就愛誰！反正那個人不是你。」許依珊的話刺傷了徐振強。

「好，我知道了。」

其實，昨天晚上，徐振強就該絕望了，他在回家的路上，就已經在考慮放棄這段感情了，只是許依珊再度出現眼前，那迷人的笑容和眼睛，再次融化了他的心，只是今天不同了，許依珊的一切，都像是遠處射來的箭，無聲無息，一次又一次傷害他。

許依珊面無表情的走了，徐振強的心也碎了一地，上課的時候在發呆，下課也是，到放學後還是。

「徐振強，回家了。」楊德正拍了他的肩膀。

「什麼事？」徐振強問。

「放學了，還不走？」

「要去那？」

「補習啊！」

「幫我請假。」

「還請啊？班導那邊我快瞞不住了。」

「那算了！我跟你一起走。」

到了補習班，徐振強還是一樣，上課發呆，下課就趴在桌上睡覺，他是累了，他昨晚一夜都沒睡好，翻來覆去地，腦海裡都是許依珊跟吳晨星在眼前擁吻的畫面，他不該看那一眼的，看了又能改變什麼？看了，只是增加自己的痛苦。

「振強，你還好吧？」補習班外的走廊上。

「幹嘛？」

「我很擔心你，你一整天都愁眉苦臉的。」

「陪我去撞球，好嗎？」

「撞球？為什麼？錢多啊？」

「很煩啊！」

「好啊！捨命陪君子，不過，你可要付錢啊！」

「行啦！怕什麼？」

「你昨天應該有買禮物，我猜你現在口袋空空，兩袖清風，一毛錢都拿不出來啊！」

「咦！你怎麼知道的？」

「我是你肚子裡的蛔蟲啊！」

「我本來是沒錢的，可是我爸忽然給我五百。」

「哇！有錢人耶。」

「可能是我告訴他，我要跟女同學出去吧！」

「沒想到你爸這麼開明。」

「他年輕時可花心了…」

死黨還是有死黨的作用，至少徐振強不在愁雲慘霧，暫時忘卻煩憂。

玖：妳的失戀

徐振強跟許依珊再度在教室裡見面，就在短短的一週後，但這次見面，只是為日後的徐振強，多添了一道更巨大的傷痕，雖然眼前的他是快樂的。

「放學後可以陪我看電影嗎？」許依珊問。

「妳說什麼？」徐振強假裝沒聽清楚。

「沒聽到就算了，我走了。」

「等等，別這麼小氣嘛！」

「到底要不要看？」

「當然要啊！」

「那就放學見。」

「不對勁喔！」楊德正說。

「我知道！」徐振強回。

「知道還去？」

「你明知道為什麼，又何必問。」

「牡丹花下死，做鬼也風流啊！」

「至少風流了啊！那像你，還沒風流就死了。」

「幹嘛又扯到我？說真的，你今天要小心一點，我覺得其中必有緣故，機關放在倉庫。」楊德正用台語說了最後那兩句布袋戲的台詞。

「我知道啊！不用你提醒。」

「明知山有虎，偏向虎山行喔！」楊德正說完便轉頭，走向廁所，偏偏卻遇上了喜歡的人：鄭秋雨，她沒看到楊德正，但楊德正的心，依舊撲通撲通地跳著，即使他已經不對眼前的女孩抱任何希望，目送著鄭秋雨漸漸遠去，此刻他終於明白徐振強的心情了。

「看什麼電影？」放學後，兩人又見面了。

「擺渡人，梁朝偉跟金城武主演的。」

「好啊！那走吧！」

　　一路上兩人說說笑笑，完全看不出異狀，直到散場之後，許依珊終於爆發了。

　　「我，失戀了，我好想死。」說完便撲向徐振強懷裡。

　　「妳…」突如其來的擁抱，有些措手不及，但徐振強知道，他不需要多說什麼！把她抱緊就是。

　　「你真的很喜歡我？」許依珊擦去眼淚問。

　　「那是當然。」

　　「走，跟我去一個地方。」

　　「去那裡？」

　　「別問那麼多。」

　　她攔了一部計程車，拿出一張卡片交給司機。

　　「把衣服脫了，我們去洗澡。」汽車旅館的某個房間，許依珊說。

　　「什麼意思？」

　　「你剛才不是已經回答我，說你喜歡我。」

　　「是沒錯。」

　　「那你還等什麼？」許依珊自己脫光衣物，進到浴室，徐振強愣了一下，看著全身赤裸的她，自己也脫去衣物。

「幫我擦背。」許依珊說。

「好。」

面對經驗豐富的許依珊，徐振強的反應總是慢半拍。

「你還是處男？」

「嗯！」

「但我已經不是處女，你會在意嗎？」

「不會！」徐振強搖搖頭。

「閉上眼睛。」

許依珊跟徐振強兩人身上都是泡泡，在浴室裡吻了起來，也讓該發生的都發生了。

但接下來的日子，許依珊卻很少出現在教室，也幾乎不跟徐振強見面，除了她想見徐振強，否則是不會出現的，面對這樣的狀況，徐振強陷得更深了，他就快滅頂了。

拾：愛妳的舔狗

「最近在忙什麼？都不來看我。」校外徐振強追上許依珊問。

「準備功課啊！快考試了。」

「不用理我啦？」

「不是，只是沒時間。」

「下課也沒時間過來看我？」

「不方便。」

「為什麼？」

「我不能說。」

「我們都那樣了，還有什麼不能說的？」

「我怕你知道以後會失控。」

「有那麼嚴重？」

「非常嚴重。」

「那更應該讓我知道！」

「好，去麥當勞的老位置等我。」

　　美麗的女孩身邊總是不缺護花使者，許依珊當然也不例外，她讓徐振強在老位置等，是因為她想要甩掉他了。十分鐘後，許依珊跟一個又高又帥的男生在麥當勞外打招呼，徐振強看到了，而且那男生見到許依珊便又親又抱，接著他們上了門口那部保時捷跑車，消失在徐振強眼裡。這其實就是許依珊都不找徐振強的原因，她找到了新歡，而且是高、富、帥，只有帥的徐振強，相形之下遜色許多。

徐振強這次很淡定，沒有流淚，沒有失控，他把套餐吃完，乖乖去補習班，回家之後拿出日記，寫下他跟許依珊之間的特別關係，這道傷痕，將永遠封存在這本日記裡。

我是愛妳的舔狗，但妳不愛我
他是傷害許多女人的渣男，可是，妳最愛的人是渣男。

當我以為妳伸出雙手擁抱我，是將我從泥淖中救出，
沒想到卻是在我頭頂上多踏兩腳，讓我徹底滅頂。

謝謝妳讓我徹底滅頂，謝謝妳讓我徹底絕望，
這樣我才能從只有妳的夢中醒來，不再沉睡。
我不恨妳，因為妳有妳的想法，只恨我自己太癡心，
誤以為不斷付出就能得到回報。

經過這次的震撼，徐振強開始封閉自己的心，偶爾會跟楊德正聊聊天，但他已經變了，於是楊德正也開始疏遠他，再度見面，楊德正已經成了一具冰冷的屍體，畢業典禮那天，他騎著機車，載著剛認識的女生在山路飆車，路況不夠熟加上車子載人，一處轉彎卻沒轉過，直接撞上迎面而來的公車，兩人當場成了亡魂，徐振強流下一滴淚之後便離開殯儀館，這個夏天很難熬，失去了死黨，失去了戀人，也沒考上好學校，在補習班重考班裡，他再度遇到挫折，許依珊跟他同班，並故技重施，

一直要求他幫忙這幫忙那，這愛折磨人的女生，到底把徐振強
當成什麼了？恐怕只有她自己知道了。

完

記憶拼圖

文：汶莎

1.

「爸！媽！你們快點出來…火愈燒愈大了！」

看著倒臥在烈火之中，早已不醒人事的兩人，曉芳的心愈是焦急難耐。

忍住腳上隱隱作痛的傷慢慢匍伏著，想要拿起手機報警呼救。

正當她拿到手機的那刻，震耳欲聾的爆炸聲從她背後響起，看著眼前的一團火球，曉芳頓時暈了過去。

此時，遠方駛近一台車，伴隨著尖銳的剎車聲，穿著筆挺西裝的老紳士及穿著圍裙工作服的老婦人偕同下車。

「快，快把小姐抬上車。」老紳士急促的語氣，喚得老婦人趕緊將曉芳打橫抱起塞入車內，老紳士望著眼前的火球嘆了口氣。

「永別了…夫人…我們會好好照顧小姐的…」說完後便上車駛離現場。

老紳士和老婦人將曉芳抬回府邸後，另一名神色匆匆的男子氣喘呼呼的趕了過來。

「汪管家、林大媽，曉芳的情況如何？」

「不知道，看來是暈了過去，你來的正好，麻煩你把曉芳抱進房裡，我去打電話請醫生過來。」

男子從老婦人的手上將曉芳接了過去，熟門熟路地將曉芳安置在她的房間。

男子心疼的撫著曉芳淚乾的臉龐，想起她剛才面臨的遭遇，就特別地不捨。

「對不起…不得不讓你遭遇到這些，惝若你醒來全都忘了該有多好…」

過沒多久，汪管家帶著醫生過來，經過簡單的檢查後，確認曉芳沒什麼外傷，醫生表情凝重地沉重說道。

「汪管家…你確定要使用這個藥嗎？」醫生從懷裡掏出一瓶玻璃瓶，向汪管家問著。

「這是什麼？汪管家，你要對曉芳做什麼？」男子神情有些緊張，汪管家拍拍男子的肩。

「禹安少爺，你先別緊張，這是記憶消除的藥，這一小瓶可以消除她這 20 年來的記憶。」

禹安一聽，仍感到有些疑惑。

「20 年？該不會？」汪管家點了點頭證實了禹安的猜測。

「我們要改寫曉芳的記憶，為此夫人才找來了林大媽過來，林大媽是英國著名的催眠師，遵照夫人的指示，我們要捏造曉芳的父母在他 5 歲時就雙亡的假象。」

汪管家繼續說道：「當初安排你、我還有林大媽與小姐見面的就是夫人，夫人希望當小姐遭遇到這場變故時，能有個可以依靠、可以保護她的人陪在她身邊…如今這場局是夫人費了20年精心安排的，我們不可以辜負她的心意，誓死要好好的保護小姐。」

聽完汪管家的一番話，禹安投以堅定的眼神，緊握住曉芳的手。

「汪管家…那就麻煩你了。」

汪管家向醫生點了點頭，玻璃瓶的液體隨著針管的注射，進入了曉芳的體內，林大媽在曉芳昏睡的這幾天，不停的為曉芳注入新的記憶。

在夢境裡，曉芳不停的在尋找著她的雙親，在空無一人的虛無空間裡不斷的大喊著。

「爸！媽！你們在哪？」

「他們在你5歲的時候就去世了。」一道謎之音劃破天際向曉芳說著。

「不…不可能…我明明就記得…明明就…咦？我怎麼想不起來…到底發生了什麼事？」曉芳慌張的抓扒著自己的頭，蹲在地上。

「孩子…靜靜的睡吧…忘卻那些想不起來的事情吧…這一切已不重要…」

「我…在哪裡？我…是誰？」殘存的記憶慢慢從腦海中消失，曉芳漸漸地平靜下來，身體像似失去重力倒臥在地上，失魂的看向虛無的前方。

「你的名字叫李曉芳，父親是李建成，母親是張苡萍，在你5歲那年，全家乘坐飛機到澳洲遊玩時，不幸遇到亂流，飛機失事，你的父母為了保護你，緊緊將妳抱住，讓你在空難中存活下來。」

「喔…不…不要…爸…媽…嗚嗚嗚…」曉芳潸淚著接受著父母已離去的事實，而迴盪在空間的謎之音則繼續往下說。

「父母親去世後，就由負責管理家中一切大小事的汪賓汪管家，以及負責廚房膳食的林君宜林大媽，兩人合力將您扶養長大。在您7歲那年，結識了高家的二少爺高禹安，你們倆人出雙入對，感情融洽，且在18歲那年已互許終身，待大學畢業後便舉辦婚禮，無奈在您22歲的今天，由汪管家開車載您前往高家的路上發生車禍，所幸人車皆無大礙，您只是受到驚嚇昏迷過去而已，再過幾天您就會醒來了。」

受到精神打擊及記憶消失的雙重影響下，曉芳痴呆的不停重複著謎之音所說的話；所有5歲之後有關父母的記憶全數替

代成汪管家和林大媽，曉芳的記憶隨著在夢境中的呢喃逐漸更替，不知過了多久，曉芳進入了深層的睡眠。

2.

一週過去了，曉芳緩緩睜開惺忪的雙眼，映入眼簾的是趴睡在臥蹋旁的禹安，和站在一旁的汪管家。

「汪…汪叔…禹安怎麼來了？我的頭好痛…發生了什麼事情了？」曉芳昏沉的腦袋讓他無法立即了解現況，但看到曉芳醒來後，汪管家有些激動。

「小…小姐…你終於醒了…你已經整整昏睡一週了…」汪管家的話讓曉芳徹底驚醒。

「一週？一個禮拜？七天？天啊！到底是發生什麼事情了…我怎麼一點也想不起來？」

汪管家平靜的說著早已預備好的說詞「都是我開車不謹慎，與對向的來車發生擦撞，害得小姐驚嚇到暈了過去…所幸，小姐沒受傷，不然我這張老臉哪有顏面去面對老爺和夫人啊…」

看著汪管家欲哭無淚自責的模樣，曉芳有些於心不忍，便安撫道「汪叔…別自責了，你看，大家不是都好好的沒事情嗎？大家平安就好…沒事沒事。」

被兩人的對話聲吵醒的禹安，發現曉芳已經醒來了，不禁驚呼。

「曉芳…你終於醒了…真是太好了…你肚子肯定餓壞了，我去叫林大媽煮頓好吃的給你補一補。」說完後如疾風似的跑下樓。

曉芳不禁噗嗤的笑了一下「還是跟以前一樣…」

聽到曉芳這麼說，汪管家的內心突然顫了一下，擔心是不是林大媽沒有催眠好，讓曉芳殘留著以前的記憶，便小心翼翼的試探道。

「小姐…你說的『像以前一樣』指的是？」

曉芳苦笑的看著汪管家「你不覺得他跟小時候一樣一點也沒變嗎？一驚一咋的像個小屁孩似的，還記得小時候汪管家和林大媽不是帶我們去溜冰場滑冰嗎？禹安第一次看見溜冰場，就興奮的連溜冰鞋都沒穿就跑上場了，凍得腳底都是傷，真是蠢呆了。」

聽完曉芳的一席話，汪管家鬆了口氣「是呀…那時候真的讓我和林大媽忙得人仰馬翻呢…」

在兩人的歡笑中，林大媽捧著盛滿菜肴的餐盤進到房間。

「小姐…你終於醒了…來，這麼久沒嚐到大媽的手藝，今天肯定要好好吃一頓。」林大媽笑著將餐盤放至房間的桌上，

在汪管家的攙扶下，曉芳坐到桌前，聞著眼前的美食，開始大快朵頤。

這時，禹安在房門外示意著林大媽和汪管家出來欲商討事情，汪管家輕點了頭轉向曉芳。

「小姐，您慢慢享用，我和林大媽要和禹安少爺商討您上課的事情…」

顧著填飽肚子的曉芳，嘴上還含著東西，揮揮手表示瞭解，汪管家便和林大媽一同走出房門，三人來到樓下的客廳討論著。

「看來，小姐的記憶真的被抹除了，林大媽的催眠起了效用。」汪管家如是道。

「那當然，不過我們現在要注意的就是小姐的提問，口徑要一致，不能隨便回應讓她起疑心，不然…記憶會有恢復的可能。」林大媽提醒道。

「可是…不是已經有給他注射記憶消除藥水了嗎？怎麼還會有記憶恢復的可能？」禹安疑惑的問道。

汪管家搖搖頭「藥效總是一時的，也只是輔助而已，就像是你在原本的畫上蓋上一塊白布後，又在白布上畫畫，如果畫的太用力或是塗改的太過頭把布弄破了，原本裡面的畫還是會顯露出來。所以我們現在要做的就是避免她的記憶出現太多衝突，造成破洞。」

　　禹安一聽，恍然大悟的點了點頭，可又突然想起了學校的事，便開口向汪管家問道。

　　「那…他在學校的朋友、同學那邊…」汪管家知道禹安要說什麼，便接著往下說。

　　「與小姐比較親近的那幾位朋友我都打點好了，他們在學校也會跟隨在小姐身邊幫忙掩護，而禹安少爺在學校也要多留點心眼，以免出了什麼差池。」

　　禹安開口回應道「放心吧！我會注意的。」

　　此時，已填飽口腹之慾的曉芳正緩緩的步下樓梯。

　　「你們討論完了沒～～我還是要去上課嗎？」

　　禹安看見曉芳不甘不願的樣子，微笑道「你呀！一個禮拜都沒去學校了，你難道就不怕雅伶他們擔心嗎？」

　　想到雅伶他們，曉芳恍然大悟。

　　「對耶，這樣不行，他們肯定擔心死我了，那明天還是去一趟學校好了。」

　　禹安從沙發上緩緩起身，走向曉芳輕彈了一下她的額頭。

　　「明天是假日，你去學校也見不到雅伶，等下禮拜再說吧！」

　　曉芳撫著泛著微紅的額頭，呆呆的痴笑著。

　　「耶～～又能繼續放假了～～」

「你才剛醒沒多久，還需要多休息，今天可不能出去玩！汪叔會看著你的。」

汪管家在一旁點著頭，同意著禹安的話。

曉芳無奈的大聲「蛤～～」了一聲「在家很無聊耶…又不曉得能幹嘛…」

「不然…到我家如何？」禹安提議道。

「去你家？好啊！好啊！我知道你家有台 PS5，我想去玩玩。」

曉芳興高采烈的抱住禹安的手臂，禹安微低著頭向曉芳說道。

「那你先去準備準備，我先回家等你，你準備好後再請汪叔開車載你過來，好嗎？」

「嗯嗯，汪叔可以吧？」曉芳向汪管家投以視線詢問。

汪管家答應道「當然可以，那請小姐準備好後再跟我說。」

禹安在曉芳的額頭上輕輕落下一吻，溫柔的說「去吧！」曉芳便輕快的跑上樓去。

「禹安少爺，令尊和令堂…」汪管家有些擔憂的發問。

「沒事，我先回去和他們交代一下，不可提到關於曉芳父母的事情，汪叔別擔心。」

看見禹安準備萬全的神情，汪管家頓時也安心不少，在將禹安送出去後，林大媽便趨上汪管家的跟前。

「待小姐離開後，為保險起見，我再巡一次府邸，看是否有疏落關於她記憶的東西。」

「好的，那再麻煩大媽了，有什麼事隨時保持聯絡。」話畢，汪管家走出門將車子開出門口，待車子停妥後，曉芳也剛好下樓。

曉芳不等汪管家下車，便徑自開門上車。

「汪叔，以後不用幫我開門了，我自己開就行。」

汪管家一聽，便想出聲拒絕曉芳的好意，但曉芳未等汪管家開口說道：

「汪叔，我知道，但我已經長大了，都 20 歲了，開門這點小事我自己來就行，別再把我當 6、7 歲的小孩了。」

聽曉芳這麼說，汪管家也不再多說了，便笑笑的轉動方向盤，將車子駛去禹安家。

路上曉芳突然想到什麼，便隨口問道：

「汪叔，你不是說載我時候出了車禍嗎？我看車子都還好好的，沒什麼刮傷…」

曉芳的一番話，讓汪管家汗毛直豎，裝作若無其事的說「在小姐昏迷的期間，車子就已送修了，今天才修好剛送回來。」

「原來是這樣～～」

見曉芳未再繼續追問下去，汪管家瞬間鬆了口氣，便隨口聊聊她昏迷的這段期間發生的事情，轉移曉芳的注意力；這樣聊著聊著，車子也抵達了禹安的家。

打開車門，曉芳看著眼前的日式豪宅，雖充滿了古色古香的濃厚日本氣味，但還是參雜了些本土氛圍，讓人感到懷念。

「這裡…依然沒有什麼變化…」曉芳凝視著禹安家古樸的日式飛簷，一邊感嘆著，突然大門「喀！」的一聲緩緩開啟，禹安就站在門口迎接著曉芳。

3.

禹安將曉芳迎進家中，一邊吩咐著管家準備午茶點心招待曉芳。

「哇…這裡一點也沒變呢…」

禹安笑了笑「是嗎？你也很久沒來我家了呢…應該有三、四年了吧…」

「對呀…都忙著在準備繼承父親的公司，好在李秘書很細心也很有耐心，不然憑我這個笨腦袋，肯定無法自己理解。」

「呵呵，啊…對了，我去客廳拿 PS5，你先去我房間等吧。」

　　「好呀。」曉芳熟門熟路的，一路徑自走到禹安的房間，輕輕的推開房門，一如往常的乾淨，沉穩的黑檀木書架上仍放著許多財經相關的書籍，床舖依然是他最愛的深藍色床單。

　　曉芳環伺著禹安的房間，懷念著以前的一切，突然瞄到床底下有一角盒露出，她好奇的蹲下將它拾起，是一只紫色的盒子，拿起來搖一搖，好像有很多以零碎的東西放在裡面，這時禹安剛好拿著 PS5 進來。

　　「禹安，這一盒紫色的是什麼？」曉芳拿著它問著。

　　「我不太曉得耶…打開來看看。」禹安一時也看不太出來，他接過曉芳的手，將盒子打開，映入眼簾的是一團零碎的拼圖。

　　看到是拼圖的曉芳突然變得很興奮「哇，是拼圖，好久沒有拼拼圖了。」

　　禹安看著拼圖，感覺隱約有這個東西的印象，但卻想不起來是什麼圖案的拼圖。

　　「如果你想拼的話可以帶回家去拼。」禹安隨口說道。

　　曉芳高興的接過盒子「真的嗎？那我就不客氣的收下囉！」

　　禹安點了點頭「嗯嗯，你現在不要拼喔！我們先玩 PS5，我們很久沒一起玩遊戲了。」

　　曉芳將拼圖盒放在一旁，拿起遊戲把手「當然，看我怎麼好好的電死你。」

　　禹安嗤笑回道「呵，到時看誰電誰還不知道呢！」

　　相互嗆聲完後，兩人的時光隨著遊戲機的開關按下去的那一剎那，天色也漸漸隨之暗了下來。歡樂的時光總是特別短暫，兩人互不相讓，玩了近 5 個小時的遊戲，若沒有汪管家敲門提醒，兩人肯定撕殺到天明。

　　「啊…已經這麼晚了…」曉芳有些不捨的說道。

　　禹安笑笑說道「有空的話可以再來我家玩呀！你身體才剛好沒多久，不要太過操勞，不然我會擔心好嗎？」

　　看著禹安對著自己投射關愛的眼神，曉芳顯得有些害羞。

　　「好…好啦，那…那我先回家了。」曉芳起身正要隨著汪管家離去時，禹安拿起紫色的盒子。

　　「這個別忘記帶走了。」

　　曉芳接過盒子說道「謝謝，等我拼好後再告訴你這是什圖案！」

　　「好喔！快點回家去吧，晚安！」

　　在汪管家的引領下，曉芳坐上車離開了禹安家，汪管家看著曉芳手上的大盒，好奇的問道。

　　「今天禹安少爺還送了禮物給你呀？真有心。」

　　「沒有啦，是在他家發現的拼圖，我跟他借來拼的。」

　　汪管家了然說道「原來是拼圖呀…」

可能是玩累了，曉芳不知不覺的在車上睡著了，汪管家透過後視鏡看著，特意放慢速度，讓曉芳睡的安穩，慢慢的將車子駛回宅邸。

4.

隨著假期的結束，曉芳的生活也慢慢步上軌道，早上上學，晚上與禹安煲電話粥，不僅小倆口的關係日漸甜蜜穩定，同學好友間的感情也如膠似漆，一切看似風平浪靜，但隨著拼圖漸趨完整，曉芳的疑惑也愈來愈多。但都在禹安隨口唬哢、轉移話題下輕輕帶過。隨著曉芳問的問題越深入，探尋的方向越趨近那本該遺忘的記憶時，禹安才想起紫色盒裝的拼圖跟 4 年前的記憶有關，驚覺大事不妙，嘗試著以各種理由，想將它從曉芳手上拿回來，卻不斷的遭受到拒絕，無計可施的禹安只好找汪管家一同商討對策。

「你怎麼這麼粗心呀…少爺…」汪管家摀著額頭發出一聲長嘆，勞心焦思的神情對比一旁滿懷歉意的禹安，低迷的氣氛在李宅客廳迅速漫延。

林大媽無奈的嘆了口氣，眼神不停的掃射著一旁的樓梯，深怕曉芳突然下樓聽到這場對話。

汪管家開口說道：「現在當務之急便是將那盒拼圖取回，林大媽有什麼主意嗎？」

　　林大媽若有所思問道「所以，現在那盒拼圖是還在小姐的手上？她拼完了嗎？」

　　禹安想了一下「應該是還沒，目前從他打探的問題都是關於環境的變動，以及他沒印象的地方，要求我說明而已。」

　　林大媽思忖了一下「所以…那盒拼圖究竟是什麼？」

　　禹安嘆了口氣「唉…你還記得我們 18 歲時雙方父母為我們互訂婚約的事情吧？那時我母親正興頭上，嚷嚷著要合照留念…」

　　「所以…該不會…」林大媽有些驚訝，心中所想得與禹安接下來說的不謀而合。

　　「對…那時曉芳的母親正好迷上了拼圖，便跟我的母親提議將照片印刷成拼圖，在每週的下午茶會，兩人相約一邊午茶一邊拼圖，但…自從曉芳的母親走了，我的母親怕睹物思情，便將拼圖收入紫色盒子中託我保管，為了不讓她進來房間時不經意瞧見，我只好將盒子藏至床底，時間一久我也忘了有這個東西…」

　　林大媽閉上眼搖了搖頭「唉…果然…好吧…現在只能祈禱…」

　　林大媽話未落完，樓上突然傳來曉芳的尖叫聲，三人不約而同往樓梯的方向衝去，汪管家一個箭步上前，打開曉芳的房門。

映入眼簾的是瑟縮在床角的曉芳和拼了四分之三的拼圖，看見眼前此景，汪管家三人面面相覷，知道事情已瞞不住，打起十二萬分的精神，面對接下來未知的事件。

林大媽快步向前坐到曉芳身邊，緊摟住曉芳，試圖撫平曉芳的情緒。

曉芳指著拼圖大吼著：「為什麼！？我爸媽不是死了嗎？怎會出現在合照裡，為什麼？難道我的記憶全都是假的嗎？」

汪管家輕聲說道：「小姐…你冷靜一點…這…這只是合成照而已，你看仔細。」

曉芳從林大媽的懷裡離開，緩緩上前再次仔細的看著拼圖，這時，禹安慢慢的沿著床邊坐近曉芳的身邊，在一旁附和道。

「對呀，曉芳這是我做的合成照，你看，是不是很像。」禹安得意地笑著，彷彿這一切都是他一手策畫的惡作劇。看著禹安的笑臉，曉芳一臉嚴肅的向他揮去一巴掌。

突如其來的清脆響聲，震醒了大家的心，目光全集中在禹安的身上，禹安撫著泛紅的臉頰，一時間還沒意識到發生什麼事情時，曉芳用著森冷的嗓音說道。

「不要把我當作白痴，我是學設計繪圖的，難道看不出真假嗎？而且這張似曾相識的畫面，給我一種很熟悉的感覺，我知道我有這段記憶，但印象中站在那個位置的是汪叔和林大媽，絕不是拼圖上的爸媽。」

聽到曉芳這番話，大家不知該從何解釋起，於是選擇沉默不語，曉芳默默的將拼圖一片一片的拾起，將未完成的部分接續拼上，一邊拼著一邊說道。

　　「看這樣子，你們是不是集體隱瞞我事情？我不知道現在這世界上有沒有竄改記憶的技術，但我能確定的是我的記憶明顯地與這張拼圖有很大的出入，當我問起禹安照片中背景的書房時，卻跟我說他不知道，但我明明就記得有這間書房，可是在我家、在禹安家都找不到這間書房；另外，拼圖上的我明明脖子上有掛一個項鍊，為什麼我卻在房間找不到，想說是不是小美他們借走了，但他們都說沒有，我記憶中那是林大媽16歲時送我的生日禮物，我是個很重感情的人，所以不可能會把這樣重要的東西弄丟或遺失；我現在什麼都想不起來任何事情，有人可以給我解釋嗎？」

　　曉芳話一落完，見現場一片鴉雀無聲嘆了口氣，轉向禹安。

　　「禹安，你有對我說謊嗎？」

　　禹安看著曉芳略為生氣的神情，知道如果此時再說謊騙她的話，肯定不會有好下場，於是便點頭承認，曉芳感到有些心痛，沒想到連身邊至親至愛之人都欺瞞她，於是失望的說道。

　　「你走吧…我暫時不想見到你。」

　　正當禹安想要再解釋什麼的同時，卻被汪管家搖頭阻下，禹安看了看曉芳，便摸摸鼻子離開。

曉芳站起身緩緩走向窗外「汪叔、林大媽，你們也出去，我想一個人靜一靜。」

林大媽不忍見曉芳神情落寞的模樣，不禁脫口說道：「小姐…我們也是為了妳好…」

曉芳轉過頭來，眉頭深瑣著，不甘的咬著下唇，眼角還泛著些許的淚水。

「為了我好？從小到大，我視你們為至親，對你們無話不說，結果？換來的是什麼？欺騙？隱瞞？到底是有什麼事必須讓妳們得這樣對待我？我到底做錯了什麼？」

說完，眼眶中打轉的淚水，不禁從臉頰滑落。汪叔看著眼前楚楚可憐的曉芳，揪心的緊握著雙拳。

「我們…我們…也沒想到會發生這樣的事情…這一切都是遵照夫人的指示…」

曉芳聽到汪叔提到自己的母親，不自覺的震了一下。

「你是說媽？媽她說了什麼？到底是發生了什麼事？你們告訴我呀？」

曉芳開始有些歇斯底里，上前抓著離她最近的林大媽嘶吼道。看著失去理智的曉芳，林大媽輕輕的將她擁入懷裡。

「我們就是怕你承受不住事實的殘酷…怕你崩潰…」

「小姐…我和林大媽，還有禹安少爺，都很愛你，就像你把我們當成至親對待一樣，我們也捨不得讓你受到傷害啊…」

曉芳輕輕的推離林大媽，擦去眼角的殘淚，雙眼望向汪管家。

「拜託…告訴我到底發生了什麼事…」

汪管家和林大媽面面相覷，決定將事情的真相告訴曉芳。

5.

其實李曉芳的父親李建成在母親張苡萍懷孕時，染上賭博惡習，欠下龐大債務，變賣手中值錢的家產仍不足以支付，只剩這幢千坪豪宅，李建成說什麼也不賣，便將歪腦袋動到自家女兒身上，張苡萍見李建成已走火入魔，想將女兒變賣，說什麼也抵死不從，於是向李建成獻計『20年後的還債計畫』，先為女兒保高額保險再以意外死亡的方式詐領保險金，李建成覺得這主意很好，便與討債集團定下20年後連本帶利的還款契約，而張苡萍則利用這20年為女兒佈好逃生計畫，包含請汪管家、林大媽以及青梅竹馬高禹安，並藉口一家出遊，製造一場車禍拉著李建成一同去死。在李建成為女兒曉芳保下鉅額保險的同時，張苡萍也默默地為自己及丈夫保了高額的保險，目的就是為曉芳留下大筆財產還債，並讓女兒過上無後顧之憂的生活。

當曉芳滿20歲的時候，李建成假意慶祝曉芳生日為由，計畫全家出遊爬山，欲製造曉芳失足跌落山谷意外身亡的假象，

但張苡萍一眼就看穿李建成的詭計，於是便將計就計，準備一瓶滲有氰化鉀的提神飲料，在李建成開車的時候遞給了他，待李建成喝下後，驚覺不對勁，頭腦開始發暈，一陣睡意突然席捲了他的腦袋，他轉向副駕駛座，只見微笑著望著他的張苡萍，張苡萍猛地向前突然抓住李建成的手將他的方向盤一轉，伴隨著曉芳的一聲驚呼，車子用力地撞向路旁的大樹，張苡萍看著已嚥氣的李建成，再看向自己已被變形的車子壓死的雙腳，便放棄逃生，不斷的用力嘶喊著，要曉芳逃出去，被母親的呼聲喚醒的曉芳，一邊哭著一邊從車窗緩慢爬出，隨著一陣爆炸聲，便在公路上昏了過去。接著就由汪管家和林大媽送回家中醫治。

聽完汪管家的一席話，曉芳有點難以置信，原來自己一直以為的和樂家庭，沒想到竟是一場虛幻泡影，突然一陣耳鳴聲貫穿他的腦部，伴隨著劇烈的疼痛，曉芳的記憶力全都回來了，他看向在一旁有些擔憂的汪管家和林大媽。

「汪叔…我…我全都想起來了…」

聽到曉芳這麼說，汪管家和林大媽感到有些驚訝，擔心著接下來曉芳會不會承受不了事實而崩潰。

從汪管家和林大媽的表情中讀出訊息的曉芳，深吸了口氣，調整了情緒眼神堅毅的對他們說道「我…沒事…我知道這一切都來的很突然，但我想我也沒時間去思考太多，我只問二個問

題，第一，我爸的債務全都還清了嗎？第二，家裡目前剩下的財產還剩多少？」

從曉芳堅強的意志和剛毅的眼神，汪管家看出了曉芳大當家的一面，於是便一五一十的報告家裡目前的經濟狀況。

「債務的部分，靠著之前夫人和當家的保險金已還清，目前剩下這幢房子和你的就學基金。」

「所以…等我畢業後，我們家除了這幢房子外就再也無其他的財產了嗎？」

汪管家點了點頭，曉芳才意識到事情似乎有些嚴重。

汪管家看到煩惱的曉芳，便開口安撫道「小姐，您別擔心，距離你畢業還有 2 年的時間，依目前手頭上的資產還能過得下去，這段時間我們再好好的想辦法吧！」

曉芳聽從汪管家的建議，暫時別去思考這長遠的問題，經過了一個晚上的折騰，曉芳的內心百感交集，可能是因為之前的催眠暗示，讓他早已對於雙親的離去感到麻痺，但對於禹安的感情卻是無法言喻。

6.

待汪管家和林大媽離開房間後，曉芳不斷的在心中釐清她對禹安的感情。雖然兩人的認識是在母親有計畫的安排下促成，但禹安也是為了她著想，才會合著母親他們一同設了這個局。在和禹安的相處過程中，曉芳也能感覺到禹安對他的真心，但心中仍是會有許多猜疑，像是「禹安和我在一起是因為媽的安排嗎？」「禹安對我的感覺到底是？」「他是真心想和我結婚的嗎？」「我如果沒錢了，禹安還會愛我嗎？」

各種想法像是跑馬燈一樣，在曉芳的腦中不斷盤旋著，直至天亮仍無法入眠，曉芳拖著疲憊的身體走出房間，便看到蜷縮在房門口的禹安，聽到打開房門的聲音，禹安本能的向上望去，便看見曉芳憔悴的神情，不捨的站起身向前抱去。

「曉芳…對不起…真的很對不起…我…我不是故意要騙你的…我只是…我只是…」

看著禹安不停的道歉，說著說著一把鼻涕一把眼淚的聲淚俱下，曉芳的心也軟了，他拍拍禹安的背說著。

「好了…我知道…我沒有責怪你…」

曉芳溫柔的話語，讓禹安止住了哭泣，禹安擦了擦眼淚和鼻水，像個孩子似的哭紅了雙眼，臉頰也因衣服的磨擦而變的通紅，曉芳隻手向前順手撥了撥他的瀏海。

「我們…還是分開吧…接下來…我還得面對很多事情…可能…會造成你的麻煩…」

聽到曉芳平靜的說著，禹安瞬時瞪大了雙眼。

「你…你不是說你沒生氣…那…那為什麼我們要分開？我不要！我不想跟你分開…」

曉芳笑了笑，突然想起了小時候他和禹安爬樹的情景。

「你還記得小時候我為了爬樹，把你丟在樹下的事情嗎？那時候的你也是像這樣一直哭著，要我不要丟下你。」

禹安破涕為笑，但內心還是有些擔憂地問道「為什麼這時候要說這個…」

「因為…我現在又要去爬樹了…要爬一座很高、很高、很高的樹…所以…」待曉芳話未落完，禹安迅速的在他的嘴上落下一吻。

禹安緩緩離開曉芳綿軟的雙唇，語氣堅定的說道「這次，我跟你一起爬！」

聽到禹安這麼說，曉芳確實有些動心，但心中盤旋的疑問仍未獲得解答，所以面對禹安的決斷，顯得有些不知所措。

似乎看穿曉芳內心的猶豫不決，禹安繼續說道。

「我知道，當你知曉這一切時，你肯定也不停地在懷疑我對你的感情是不是也是為了配合這場局而對你報以虛情假意，

我告訴你，不是…從張阿姨帶我入你家大門時，我就已經喜歡上妳了！或許你不相信一見鐘情，但…我就是迷上了你的堅強、你的倔強、你的果決，你不像一般的大小姐那般的嬌生慣養，凡事親力親為，遇到事情也是想辦法自己解決，從不麻煩他人。正因為如此，在此時此刻，我要告訴你，李曉芳，我高禹安，這輩子跟定你了。」

聽到禹安誠摯真情的告白，曉芳壓抑在內心許久的一切瞬間潰堤，她不禁依靠在禹安的胸前大哭著，禹安溫柔的抱著她，任由曉芳將心中所有的不滿、委屈、疲憊、憤恨…等，隨著淚水傾洩而出。

「我正是為此而陪在你身邊啊…我的公主，我知道你從不喜歡麻煩別人，但這次…請盡情的麻煩我吧！就算是利用也好、騙我也好，甚至要我為你付出性命，我都奉陪。」

曉芳在禹安的懷中哭了半晌，待心情較為平復時，抬頭望向禹安說道「我…我才不要你的命哩…少說這種鬼話。」

看見曉芳拾回以前的精神，禹安頓時放心了不少，他放開曉芳牽起了她的手說道「我愛你…曉芳…接下來不論遇到什麼事情，我們都一起面對，好嗎？」

曉芳點了點頭，緩緩的說出目前李家遭遇到的現況，禹安聽了之後拍了拍曉芳的頭。

「這事很好解決呀…等你嫁來我家後，你就不用煩惱錢的事情了，有我在。」曉芳聽到禹安這麼說，有些氣憤的推開他。

「我才不要成為你的累贅，我要重振李家！」

聽到曉芳這麼說，禹安安心地笑了一下「這才是我認識的曉芳。」

兩人相視而笑，儘管未來的路有多麼的崎嶇難行，也約定好彼此相持，勇敢走下去。時間一晃，五年過去了，各大報章雜誌紛紛報導著李家建設重振雄風以及與高家聯姻的消息，汪管家沒想到在有生之年還能見到此番榮景，不禁落下男兒淚。「這樣…我九泉之下也能跟夫人有個好交待了…」

林大媽拍著汪管家的肩「大喜之日在胡說些什麼…快，曉芳要丟捧花了，我們去搶捧花…」

在汪管家和林大媽離去的背影，為李家的故事畫下完美的句點，然曉芳與禹安的故事也在捧花落下之際開始了新的篇章。

完

今生前世

文：765334

第一章　婚　訊

「聘金的金額，隨便妳寫。」

一張金額空白的支票，就這樣來到楚云面前。

楚云輕輕的，將支票給推回到蕭炎眼前：「蕭先生，不用了。」

看來，這張空白支票，完全吸引不了楚云。

她的眼神，緊追著他不放。

蕭炎一邊的嘴角微微上揚，緩緩地將眼神對上她：「妳確定，不用？」

下一秒，楚云起身。

她傾身，彎腰向前，柔順的髮香，就這麼來到蕭炎的鼻尖。

兩個人的視線，水平相視著。

「錢，我多的是。」話音一落，楚云纖細的手指頭，輕輕的將支票給撕成兩半，讓它緩緩飄落，就停止在楚云黑色高跟鞋的鞋尖上。

不等蕭炎回應，楚云轉身就要離開。

「妳⋯」蕭炎才說了一個字，楚云直接就打斷他：「你只要記得來參加婚禮就好。」

「我⋯」蕭炎想回答，卻又硬生生的，被楚云再次打斷：「記得，穿的體面一點。」語畢，楚云的身影就消失在門前，只留下淡淡的香水味與蕭炎共處一室。

蕭炎忍不住，笑出了聲音。

夕陽餘暉，將他立體的五官照得更加深邃，小麥色的肌膚也跟著微微發亮，挺拔的胸膛，緊實的貼在襯衫上。

黃金單身漢，正是業界跟媒體給蕭炎的稱號。

走出大樓門口，楚云手腳俐落的上了車。

「董事長，回公司嗎？」

楚云皺起眉頭，冷冷的說：「嗯。」

黑色賓士車接收到楚云的指令之後，飛快地奔馳而去。

窗外快速變換的景色，跟楚云打訊息的節奏互相唱和著。

「董事長，請問喜帖明天發出嗎？」

「不，現在就發。」語畢，楚云就看見自己的照片，出現在手機螢幕裡，是今天的頭版新聞。

她小聲的對自己說：「很好。」

「董事長，您跟蕭總裁的婚宴日期還有地點，我剛剛都已經發給媒體了。」

楚云的笑，加大了幅度。

從昨天開始，媒體們就無法停止報導楚云與蕭炎。

楚云瀏覽著一篇篇報導，《最後黃金剩女終結黃金單身漢》、《認識1天就決定閃婚！》、《男孩們的末日，美女董事長婚了！》。

她的笑臉，從未停歇。

這時，楚云聽見，她特助的電話開始響個不停，訊息聲也跳個不停，

身為媒體寵兒的楚云與蕭炎，他們的閃婚婚訊，震撼了商業界、政界，以及媒體界。

當楚云的座車抵達公司，門口已經被滿滿的媒體給包圍。

五位身材壯碩的保鑣護著楚云，一起穿越重重人牆。

好不容易，她終於進到了公司大樓。

楚云放下警戒，大大的吐了一口氣之後，手機的訊息聲，順著她的呼吸氣息響起。

「晚上賞臉吃頓晚餐嗎？就當後天婚禮的預演。」

是蕭炎。

很快的，訊息又跳出：「餐廳妳決定。」

不待楚云回覆，下一封訊息馬上又出現：「我未婚妻想吃什麼都可以。」

「明天下午三點，戶政事務所見。」訊息傳送出去之後，楚云直接就將手機關機。

第二章　昏　厥

進到辦公室之後，楚云立刻加入會議。

她用嚴厲的眼神看著每一位提出報告的主管，企劃案的好或不好，都在她一念之間。

她的一個點頭與搖頭，都讓大家屏息以待。

不到一個小時，會議結束。

這一天的忙碌，也得到喘息。

電腦螢幕裡顯示著一百多封的未讀訊息。

這讓楚云一看就心煩，她不加思索，就將電腦給關機。

將頭靠在椅背上，楚云看著安靜的天花板。

這一個月，工作跟婚事摻雜在一起，亂成一團。

　　楚云想起，與蕭炎見面的第一天，晚餐之後，已經喝完一瓶紅酒的她，清醒無比的告訴蕭炎：「娶我。」

　　那不是一個問句，而是肯定句。

　　這句話，讓蕭炎的雙眼都亮了起來。

　　外表美的無懈可擊、事業有成又富有的楚云，可以說是男人們夢寐以求的頂級女神。

　　現在居然開口要他娶她？

　　這女人，對蕭炎來說，真是太有挑戰性了。

　　但是，蕭炎清楚的知道，楚云的要求，不為別的，全都是商業上的利益考量。

　　沒有太多思考，蕭炎豪氣的說：「好。」

　　楚云馬上就笑顏綻開。

　　如此這般美貌，讓情場經歷豐富的蕭炎，也忍不住動心。

　　忙碌使得楚云覺得時間被壓縮的好緊，一個月前的一切，彷彿是昨天才發生。

　　楚云的手指頭，在椅子的把手上，上下跳動著。

　　不管未來的生活會如何，她只要得到她想要的，剩下的，她不在乎，也不想在乎。

大大的伸了一個懶腰，楚云決定到健身房去動一動，舒展一下筋骨。

來到自己一手創立的健身房旗艦店，跟著教練的指導，楚云汗流浹背、滿臉通紅也不休息。

為了後天的婚禮，楚云一個月前，就為自己展開一連串的魔鬼訓練。

不只是健身，體雕、指壓、SPA 行程全都排滿。

「V，要不要休息一下？」

楚云規定員工在健身房不准稱呼她為董事長，叫她的英文名字即可。

放下啞鈴，大大的吐完氣後，楚云回應教練：「我可以。」

就在下一個側平舉動作，楚云舉到第 20 下時，她突然感到一陣暈眩。

接著，很快的，楚云眼前先是閃過一陣刺眼的雪白光亮。

她都還不及反應，馬上，楚云眼前就轉換成一片漆黑。

「V！V！醒醒！妳聽得到嗎！V！」教練的呼喊聲，引來周圍大家的注意。

在騷動之中，從四面八方開始有人衝向楚云。

教練們手忙腳亂的趕緊急救，有人打電話叫救護車，有人驚慌得不知如何是好，現場一片混亂。

失去意識的楚云躺在人群中央，像是一顆洩了氣的氣球，癱軟無力的黏在地板上。

尖銳刺耳的吵雜聲，讓楚云微微張開雙眼，明亮的光線照痛了她的眼球，立刻又閉了起來。

動動雙手，楚云覺得全身上下沉重不已。

再次嘗試張開眼睛，眼前是一大片的鮮紅色與她對看。

耳邊，是鑼鼓喧天。

楚云低頭一看，發現自己正穿著一身的鳳冠霞披，坐在大紅轎子裡。

第三章　出　嫁

楚云扯開了眼前的鮮紅色布簾，印入她眼底的，是電視劇裡才會出現的古代街道。

馬路兩旁站滿了看熱鬧的民眾，打鼓敲鑼的聲音就快要震破楚云的耳膜，也擋住了她的叫喊。

隊伍前方有八匹高大的駿馬緩慢地走著，所有的人都是身穿喜氣洋洋的大紅色。

轎子搖搖晃晃，讓楚云頭暈的想吐。

「你們在幹嘛？」

「小姐啊，妳別鬧了！快坐好！」聲音從楚云的左手邊傳出。

轉頭一看，一位面容姣好的稚嫩少女，慌張的要把簾子給放下。

楚云出手阻止她的動作，忍住暈車的不適感，不耐煩的問：「你們現在是在拍哪齣電視劇？快放我下來！」

話音一落，楚云手腳並用的想要離開轎子。

她的這個舉動，嚇壞了旁人，趕緊把她給勸回去：「小姐！拜託妳行行好！別鬧了行不行！妳再鬧下去，會讓大人很為難的！」

不聽任何人的勸阻，楚云依舊想要逃離這頂花轎。

在一片混亂之中，前方突然傳出一個洪亮的嗓音喊著：「新～娘～到！」

接著，鞭炮聲急躁的響起。

楚云都還來不及反應，又有人喊著：「落～轎～」

終於，如楚云所願，她被緩緩地扶下了花轎。

「放開我！你們不要碰我！」楚云想盡辦法要掙脫旁人的攙扶，卻發現自己越是想要掙脫，越是掙脫不了。

「拜～堂～」

楚云被趕鴨子上架的推上廳堂，又被押著跪下。

這一切對楚云來說，簡直荒謬到無法無天。

她急忙地想要起身，卻立刻被她一旁的新郎按住肩頭：「安分一點，別動。」

隔著紅色蓋頭，兩人都無法看清楚對方。

「你們到底在幹嘛！鬧夠了沒有！」楚云拼命的扭動自己纖細的身軀，就是想擺脫他人的控制。

她用盡全力，想要站起身。

眼看眼前的人如此失控，新郎也使出力氣來按著楚云的頭，按照指令，拜堂成親。

「放…」楚云想吼出聲，卻馬上被新郎給用力搗住嘴。

新郎用低沉的嗓音對她說：「妳想死嗎？安分一點。」

被這麼一說，楚云才甘願停止了動作。

這下她才發現，廳堂裡的每個人，都在竊竊私語，對他們兩個評頭論足。

而楚云被新郎給牢牢箝制住的場面，讓他們倆，儼然成為了眾人的笑柄。

與遠方成親大典的氣氛迥異，這裡的空氣，每吸一口，都會被瞬間凍結。

「皇后，婚禮結束了。」空盪的宮殿裡，太監弓著九十度的身體，在皇后耳邊小聲的說著。

「那女的，竟然來了？」皇后說出的每一個字，都是由齒縫裡，慢慢的吐出。

接著，太監輕盈的往前再站一步，輕聲細語的說：「是阿，只差沒五花大綁的綁過來呢，說是打暈了才送上轎的。」說完，太監露出了一臉奸笑。

皇后不屑的冷笑之後，揚起一邊的嘴角：「好阿，我就看他們能玩出什麼把戲。」

皇后的手指輕輕一揮，太監挪動腳步，不發出任何聲響的退下。

第四章　初　見

一整天的奮力掙扎，讓楚云體力耗盡。

坐在新婚之夜的床沿邊，楚云的蓋頭早已被她自己給扯下。

頭髮散亂，濃妝也隨著汗珠混亂著。

始終處事冷靜的她，第一次感到如恐懼。

不論她怎麼發問，周圍的人，給她的答案都相同：她叫楚云。

沒錯，她叫楚云。

但是，這個時空背景顯然有問題。

冷靜下來之後，楚云聽著遠方歡慶的聲響逐漸微弱。

看來，她的婚禮，就要結束了。

「王爺，夫人她…」楚云聽見外頭的人在說話。

接著，房門被打開，又關上。

楚云慌張地從床沿邊，移動到椅子上。

新郎在楚云背後緩緩走近。

拉了張椅子，他在楚云身後坐下。

一身的酒氣，讓楚云鼻頭一皺。

「我知道妳一點都不想嫁給我。」

楚云提起一口氣正要反駁，新郎卻趕在她前頭說：「我也不想娶妳。」

回頭轉身的動作太大，讓楚云一個重心不穩，差點從椅子上跌下來。

新郎趕緊出手輕扶她的腰，她的髮香，掠過了新郎的眼睛。

這是他們兩個，第一次相見。

扶著楚云的腰，他用驚訝的臉孔問：「妳，妳是，是妳？」

「蕭炎？」

楚云完全不敢相信自己的眼睛，眼前的這個人，竟然就是她原本要嫁的蕭炎。

皇帝的書房裡，瀰漫著濃厚的檀香味，在空氣裡飄忽著。

「皇上，婚禮，順利的結束了。」

話說完了，周圍，卻是一片靜默。

夜晚的風，吹得人臉上一陣冰涼。

停下緩慢的腳步，皇帝將雙手背在身後：「嗯，順利結束就好。」

「皇上，是否需要微臣，繼續派人看著？」

皇帝將目光轉到了地板上，皺起眉頭：「不。」

「啟稟皇上，可是…」

「如果剛剛沒事，以後，也不會有事。」說完，臣子隨著皇帝的手勢，弓著身子退下。

看著天上的明月，皇帝問：「你怎麼看？」

「啟稟皇上，小的認為…」皇帝身邊的太監，話說到此，不敢再說下去。

　　「說。」

　　「皇上，小的認為，有些人的犧牲，是必要的。」話音一落，皇帝認同的點了點頭。

　　太陽升起，新的一天，開始了。

　　「欸，聽說昨天晚上，王爺都待在夫人的房裡。」

　　「是阿！這真的是太奇怪了，這王爺是怎麼了？」

　　「就是說阿！之前不是還因為不想娶夫人，在皇上跟前鬧了一番嘛！」

　　小廚房裡，眾人們熱鬧紛紛的議論著。

　　一個丫環端著香氣四溢的煲湯，急忙忙地走了進來：「快快快！夫人說她不吃這種東西！」

　　煲湯都還沒放下，她又趕緊說：「夫人說她要吃清蒸的雞肉，蒸得軟嫩就好，快阿！」

　　廚子一聽見楚云這奇怪的要求，大夥們都面面相覷的互看。

　　「快點做阿！還愣著幹什麼！這可是王爺特地交代的，你們誰敢怠慢！」這句話，更引起了所有人的注意。

　　一向是感情絕緣體的冷酷王爺，竟然會對楚云如此上心？

真是令眾人驚訝不已。

第五章　依　靠

　　原本要嫁的蕭炎，竟然，在這個詭異的時空背景，出現在自己眼前？

　　楚云的聰明伶俐，在這個時候，完全派不上用場。

　　現在發生在她身上的事情，離奇的無法解釋。

　　就算她想破了頭，也釐不清一點頭緒來。

　　一整夜都沒有闔眼的楚云，疲憊不堪。

　　蕭炎再一次問她：「妳為什麼，會出現在這裡？」

　　楚云一樣回答：「我說過了，我也不知道為什麼，我會出現在這裡。」語畢，楚云沉重的眼皮再也撐不住了。

　　在閉上眼睛的同時，她纖細的身軀也跟著倒下。

　　倒下之前，蕭炎趕緊摟住她的腰，將她穩住。

　　兩人的臉頰，就這麼輕輕地貼在了一起。

　　白皙的皮膚，更襯出楚云雙唇的紅嫩。

　　她的美，是那麼樣地晶瑩剔透。

　　關於她所有的一切，都和蕭炎夢裡的她，一樣完美。

蕭炎的手指輕盈地劃過她的臉頰，再來到她的嘴唇。

單手扣住她的後腦杓，蕭炎溫柔地，吻了她。

熟睡的楚云，並沒有被吵醒。

離開她的唇，蕭炎對著她說：「妳終於，出現了。」

時光飛逝，半年，就這樣過去了。

這期間，楚云想方設法的要回到原本的生活，卻發現，她找不到任何方式可以回去。

於是，她只能說服自己接受現實。

而一直以來，對於家裡的一切，總是不聞不問的蕭炎，卻在楚云出現後，變得不一樣了。

每天早朝結束之後，就立刻返家。

就算去參加會議，只要時間一到，也是直接走人，就為了跟楚云一起吃一頓飯。

對於蕭炎這樣的呵護，楚云銘記在心。

他的付出，她都看在眼裡。

只是楚云的心，始終不在這裡。

可是，蕭炎不在乎。

他只要，能有楚云在身邊就好。

凜冽的寒冬，雪正在下個不停，今晚，又是一個失眠無法入睡的夜。

楚云在微醺的狀態之下，想起了之前的生活。

她想回家。

她真的，好想回家。

就是這麼一閃而過的念頭，讓楚云不自覺的紅了眼眶。

聽到楚云吸鼻子的聲音，蕭炎放下手中的書，擔心的問：「怎麼哭了？」

「我想回家。」

楚云的淚眼汪汪，讓蕭炎好是心疼。

他輕輕的將她擁入懷裡：「這裡，就是妳家。」

用力推開蕭炎，楚云豆大的淚珠滑落，她搖搖頭：「不是！我不屬於這裡！」

蕭炎拭去了她臉上的淚：「早點休息，不要亂想。」

「你聽不懂嗎？我說我不屬於這裡。」楚云雙頰的淚痕，是那麼的清晰。

沒有一秒鐘的遲疑，蕭炎回答：「沒關係，只要妳屬於我就好。」語畢，蕭炎的唇就印了上去。

接著，「啪！」一個輕脆又響亮的巴掌，就落在蕭炎的右臉頰上。

摸著發熱的掌印，蕭炎笑了。

「被打還笑？你腦子有問題嗎？」

楚云的眼淚，瞬間被止住了。

牽起楚云的手，蕭炎笑著說：「只要能讓妳開心，要我做什麼都可以。」

蕭炎的溫暖，有如一股暖流，竄進了楚云心中。

這是她第一次，感受到有一個可靠肩膀，可以讓她依靠。

第六章　身　世

「什麼！政變？」皇帝驚訝到站起身，眼裡滿是不可置信。

將軍低著頭：「消息，千真萬確。」

再次確認答案之後，皇帝洩氣的坐下，眉頭緊鎖。

這時，外頭突然雷聲大作。

很快的，霹靂啪啦的開始大雨滂沱。

雨滴用力的敲擊地面，像是要鑽破表層，直竄地底。

「她的父親，還活著嗎？」

「回皇上，還活著。」

皇帝的表情，終於鬆懈了下來：「好。」

四季，又轉了一圈回來了。

吃著乾煎的荷包蛋，身為外族酋領公主的楚云，這種與他人迥異的飲食習慣，讓蕭炎特地為她開設了一間小廚房。

蕭炎並不厭煩她的各種奇怪需求，反而是對她所提出的要求，使命必達。

有了蕭炎的陪伴與呵護，讓她感覺，不那麼孤單。

用膳完畢後，楚云望著窗外的大雨，若有所思。

這一年來，她想回去的心思，從未間斷。

伸出白皙的纖長手指，雨滴滑過指尖，冰冰涼涼的。

「夫人！不好啦！不好啦！」楚云的丫環三步併兩步的狂奔而來，喘著大氣的她，被大雨淋到通體濕透的來到楚云身邊。

待她緩過之後，經由她的告知，楚云才知道，她的部族發生政變。

她的父親，被自己的親信背叛，進而被謀逆篡位。

「那我父親人還好嗎？」就算是素未謀面的親人，楚云還是不免擔心之情。

「夫，夫人，大人他，他一切安好。」語畢，丫環狠狠的喝下一大口水，額頭上不知是雨水還汗水，冒個不停。

楚云並不清楚，這樣的政治變化，是否會影響到她。

她只知道，不論發生什麼事。

蕭炎一定，會保她周全。

因為，在這裡，她只相信他。

也不知道從什麼時候開始，只要跟蕭炎在一起，楚云就什麼都不怕。

隔天的早朝，議題全都集中在政變一事。

兩派人馬爭鋒相對、議論紛紛，誰都不肯讓誰，爭論不休。

「皇上，我們得搶先一步行動阿！」

「啟秉皇上，微臣認為，目前情勢未明，還是先按兵不動的好。」

「皇…」

「好了！」皇帝一聲令下，底下的臣子們，噤若寒蟬。

接著，皇帝的目光掃過每一個人之後，他問：「炎兒，你怎麼看？」

蕭炎稍微往前站了一步回話：「啟秉父皇，兒臣認為，按兵不動為上。」話音一落，立刻有人反對：「豈有此理！」

蕭炎立刻轉頭望向出聲之人：「當初，諸位勸父皇與外族和親，不就是為了求得我朝的安寧盛世，現在如果魯莽行動，大人，您說，您這樣反悔，可是君子所為？」

「哼！我看你是怕我們動到你心愛的夫人吧！」

被這麼一說，蕭炎眉頭一皺，握緊拳頭，怒不可抑：「你…」

「好了，都不要吵了，都先退下吧，此事，擇日再議。」皇帝直接就打斷了蕭炎的發言。

恢復平靜之後，皇帝問身邊的太監：「你看見他剛剛那個樣子了嗎？」

太監不敢說話，只有輕輕的點了點頭。

皇帝單手背在身後，摸著下巴：「這事，可不好辦。」

第七章　刺　客

正值盛夏，雖然有晚風吹拂，但楚云還是悶熱難耐。

「我真是懷念冷氣，不，就算電風扇也好。」

楚云的自言自語讓一旁的丫環邊鋪床邊問：「夫人，您說什麼扇呀？」

「沒事。」

擺動著手上的扇子，單手撐著頭，楚云想起，她初來乍到時，也是夏天。

那時，每當她晚上熱到睡不著，蕭炎總是陪在她身邊，幫她搧風。

　　蕭炎這個舉動，不止是人力電風扇，也剛好充當了人肉電蚊香器。

　　反觀現在，蕭炎不在身邊，楚云顯得有些落寞。

　　丫環察覺了楚云的神情，她開口安慰：「夫人，您就別擔心了，王爺一定會快去快回的。」

　　蕭炎才離開三天，楚云似乎，已經開始想念他。

　　「夫人，王爺雖然是被皇上給派去勘查，但是，我想王爺一定也是知道您擔心家中的情況，才立刻啟程的。」

　　丫環這番話，反而說得讓楚云更是擔心。

　　她不懂為何，皇帝一定要派蕭炎去她的部族查看，明明有那麼多人能派，卻偏偏派蕭炎去？

　　寂靜無聲的黑夜，皎潔的月色，更顯得光明。

　　風吹的樹葉颯颯作響，在萬籟無靜中，添加了許多吵雜。

　　躲在楚云大門邊的男人，在微微的光亮中，看見一道黑影閃過。

　　「是誰！」

　　這一喊，讓安靜的夜，開始喧囂。

　　一陣刀光劍影，你來我往，緊張萬分。

　　蒙面的黑衣人抓準了空檔，刀劍一出，對方一個閃躲，黑衣人趁隙而出，直闖楚云的房門。

「不要過來！」房門口的丫環舉著竹掃帚，打算要抵禦強敵。

黑衣人的腳步並未減緩，反而加速狂奔了起來。

一名守衛奔到門前，擋在了丫環前面，只是黑衣人的速度太快，守衛還來不及出手，對方已經拿出預藏的匕首，一刀刺向他的胸前。

守衛倒地，丫環放聲尖叫：「刺客！有刺客！來人阿！有刺客！」

外面的吵鬧，讓楚云從睡夢中驚醒：「發生什麼事了！」

「夫，夫人，有刺客！」

「刺客？」

丫環趕緊將楚云扶起身，慌張的伺候她穿鞋：「夫人快逃！」

楚云急忙的將鞋給穿好，丫環再為她披上一件風衣，護著她要從後門離開。

當後門一開，黑衣人僅露出在外的雙眼，就正好與楚云對看著。

這場面，讓丫環驚聲尖叫了起來。

在黑衣人出手之前，丫環一把將楚云推到了身後，自己向前迎敵。

但是，黑衣人的目標很明顯。

就是楚云。

看著諾大的房間，楚云進退兩難，前進或後退，都是死路一條。

緊張的汗珠從楚云的眉間流下。

黑衣人每進一步，楚云就後退一步。

戶外的風，從四面八方開始吹了進來。

寒意，慢慢的爬上楚云的心間。

緊抓著身上的披風，楚云快速的計畫著，要如何逃脫。

很快的，黑衣人的耐心用盡，朝楚云撲了上來。

接著，不知所措的楚云，突然就騰空飛了起來。

猛力的轉頭一看，蕭炎就出現在她身後，一把將她抱起。

第八章　兩　難

「父皇，兒臣認為，此事必需徹查！」蕭炎的語氣，似乎，沒有商量的餘地。

皇帝，沒有回答。

「父皇…」

「好，那就查。」

得到滿意的答案後，蕭炎立刻離開。

看著蕭炎離去的背影，太監小聲的問：「皇上，這麼做，好嗎？」

「你覺得，他能查出什麼嗎？」

「這…」

皇帝緩緩的轉頭看向太監：「難道，你不知道，此事是何人所為？」

太監接話：「皇上，那也是在為您分擔解憂啊。」

「就怕此人這麼做，是別有心思罷了。」

楚云現在終於知道，身處後宮岌岌可危是什麼感覺了。

雖然黑衣人被捕之後，當場就自盡，但自從那天起，楚云便無法安穩的睡上一覺。

而蕭炎日前才接獲案件的最新消息，他決定親自走一趟去調查。

「妳放心，我會加派人手在妳身邊。」

有了蕭炎的保證，楚云的不安，也消彌了一點。

上一次，要不是蕭炎有事先安插人手在她左右。

恐怕，現在的她，早就已經命喪黃泉。

楚云信任蕭炎處事的謹慎，但就怕，一山還有一山高。

如果真有人要加害於她，難道她能每次都幸運的脫逃嗎？

靜下心來想想之後，楚云認為，如果自己真的發生什麼意外，或許，她就能回到原本的生活了！

這樣一閃而過的念頭，讓楚云心頭喜悅的為之一震。

可是，很快的，這個念想，讓楚云的心，又微微的酸了起來。

因為她知道，如果她真的遭遇不測，蕭炎會有多麼傷痛。

「在想什麼呢？」

看著蕭炎溫暖的眼神，反而讓現在的楚云，更加難受。

稍微整理一下情緒之後，楚云對著蕭炎發問：「他們為什麼要殺我？」

蕭炎輕撫她的秀髮：「殺雞儆猴。」

楚云的困惑全都寫在了臉上。

接著，蕭炎告訴她，政變之後，新的酋領尚未站穩腳步，很有可能會想立下戰功來立威。

聽到這裡，楚云明白了。

也就是說，如果她被殺，就是我們這一方斷了和親，便能對她的部族起到警惕的作用，要他們的新任酋領別輕舉妄動。

　　因為，對方不知道的是，以我朝現在的國力，如果他們真的發動攻擊，我們很有可能會一敗塗地。

　　所以，只能先發制人，採取如此這般猛烈的預防手段。

　　楚云現在終於明白，她是個多麼珍貴的人質。

　　甚至於，寶貴到關乎一個王朝的存亡。

　　看到楚云擔憂的神情，蕭炎連忙安撫她：「妳放心，妳遇刺的事情，已經傳到他們那裡，警惕作用算是達到了，而且，聽聞新的酋領是個聰明人，斷不會輕舉妄動，所以，妳安全了。」

　　原來，蕭炎都已經為她想好了一切，所以他才會放心的離開。

　　皇后最喜愛的麝香味，在空氣中流動著。

　　「怎麼就失手了？」問完之後，皇后繼續自問自答：「還不就是中了蕭炎的埋伏。」

　　「皇后，那…」一旁的太監試探著皇后的意思。

　　皇后輕輕的嘆了一口氣，沒有回答。

第九章　下　毒

蕭炎已經離開一個禮拜了。

直至目前為止，楚云平安的度過每一天。

但是，她沒有忘記蕭炎臨去前的叮嚀，所有的飲食，都一定要信任的人看守著。

於是在進食方面，楚云是萬般小心。

就怕一個不注意，中了別人的圈套。

只是楚云不懂的是，為何要如此暗中提防？

蕭炎要她不要胡思亂想，只輕描淡寫的交代，凡事都小心謹慎點好。

外頭，又下起了大雨。

地面上出現了好幾個小水窪，楚云就這樣靜靜的看著雨滴落下。

「皇～后～到～」這一喊，讓楚云的思緒瞬間清醒。

打從她嫁進皇宮，皇后來她這裡的次數，一隻手指頭就數的清。

怎麼今天，突然就來了？

而且，還挑這種傾盆大雨的時候？

「兒臣參見母后。」

「起來吧。」

楚云小心翼翼的挪動腳步，在皇后跟前坐好。

接著，皇后的隨從陸陸續續拿了好幾樣補品進來。

「聽說，妳上次受了驚嚇之後，夜晚老是睡不安穩，這是安神的沉香，晚上，就點著吧。」

「兒臣謝謝母后關心。」

楚云示意下人把東西收下之後，她依舊搞不清楚，皇后今天來此的目的。

「這個是皇上昨日御賜的龍井，嚐嚐。」

楚云無法拒絕，只能接受。

正當楚云的丫環準備去泡茶時，皇后開口：「這個茶，有特殊的泡法，讓我的人去處理吧。」

楚云不疑有他，放手讓皇后的人去處置。

過一會，剛泡好的茶，端了上來。

「快嚐嚐。」

端起杯子，茶的香味立刻撲鼻而來，因為滾燙，楚云輕輕的淺嚐一口：「好茶。」

「喜歡就好。」

楚云微笑點頭回應。

「炎兒，還沒回來嗎？」

「回母后，王爺尚未回宮。」語畢，楚云突然感覺到，一股火燒般的灼熱感，從她的胃開始，一路燒到她的喉頭。

這樣的痛楚，讓楚云出手掐住自己的喉嚨，希望能把疼痛給抑制住。

一旁的丫環看出楚云的不對勁，一個箭步上前扶著楚云：「夫人！您怎麼了！」

「好，好痛！」楚云勉強擠出了這兩個字。

劇痛讓楚云的呼吸開始急促了起來，這讓丫環緊張的都哭了出來：「夫人！夫人！叫太醫！快傳太醫！」

丫環的叫喊迴盪在屋裡，空空蕩蕩的。

皇后抬起下巴，冷冷的說：「別喊了，不會有人來的。」

楚云聽著大雨猛烈的下，她已經痛到無法出聲，眼淚積滿在她的眼眶。

她清楚的感受到自己的呼吸開始薄弱，楚云想用力呼吸，卻一口氣都吸不上來。

這時，皇后慢慢的走到楚云身邊：「本來以為，妳就是個和親的棋子，想不到蕭炎竟然對妳如此上心，這要是哪天，拼出一個皇子來，那可就不好了。」

楚云的眼淚，接續的奪眶而出。

丫環的哭喊，越來越小聲，楚云的意識，跟著越來越糊模。

第十章　清　醒

耳邊有淺淺的測量聲在跳動著。

楚云先是動動手指，再動動腳趾。

感覺眼前射來一道光線，楚云緊閉的雙眼，微微發痛。

緩緩的張開眼睛，光亮刺進眼裡，好不舒服。

楚云再將雙眼閉上。

嚥下一口口水，楚云的喉嚨傳來一陣痛楚。

她想起了，皇后送來給她的茶。

再嘗試一次張開眼睛，慢慢地，慢慢地。

楚云的雙眼，已經打開。

但是，她還在適應這樣的明亮。

口乾舌燥。

是她現在最深刻的感受。

一時之間還搞不清楚自己身在何處的楚云，她轉動眼球觀察周圍。

斜前方掛著一台大型的電視螢幕，上方的冷氣在運轉著，外頭有人在走動的聲音，還有微微的談話聲。

楚云的心，重重的一沉。

她回來了。

激動的情緒，讓她的胸口開始起伏。

這時，她發現床沿旁，有個人趴睡著。

一旁的椅背上，披著一件男性的西裝外套。

再仔細一看，這個人，穿的西裝筆挺，就這樣睡著了？

慢慢的舉起右手，楚云輕撫這個人的黑髮。

這個舉動，吵醒了他的睡眠。

揉揉眼睛，他抬起頭，看向楚云：「妳終於醒了。」

楚云大大的深呼吸，再深呼吸。

看著眼前的人，楚云馬上就淚眼婆娑，卻一句話都說不出來。

「怎麼突然哭了？是不是哪裡不舒服？我去叫醫生！」慌張的起身，讓他把自己坐的椅子都給推倒。

下一秒，楚云出手抓住了他：「別走。」

哽咽的聲音，讓他將椅子重新擺好，再次在楚云身邊坐好：「好，我不走，就在這陪妳。」

楚云臉上的淚，流個不停。

在無聲的哭泣中，楚云用手指，畫過眼前這個男人臉上每一個五官。

「我，我，對不起，對不起…」楚云摀著嘴，哭了出來。

接著，病房的門被打開了。

進門的人，手裡提著一袋麥當勞，激動的說：「姊！妳終於醒了！」

放下手中的食物，他奔到楚云身邊：「怎麼哭成這樣阿，拜託!該哭的是蕭炎吧!顧妳顧了一個禮拜都不用工作睡覺的，實在是很可憐耶！」

話音一落，楚云又哭又笑的看向眼前的蕭炎。

蕭炎溫暖的笑著：「醒來就好。」

楚云的鼻頭立刻又酸了起來，她一個上前抱著蕭炎的脖子，眼淚又開始掉個不停。

蕭炎輕拍她的背：「想哭就哭吧。」

看著無法停止哭泣的楚云，蕭炎問她：「那我們，婚還結嗎？」

楚云馬上接話：「結！當然要結！」

這樣的甜蜜，看在楚云的弟弟眼裡，讓他忍不住說：「拜託，要不要這麼甜蜜阿，還說什麼閃婚勒，我看根本是前世就定下的姻緣吧！」

說完之後，他笑著離開病房，留給楚云跟蕭炎獨處的空間。

依偎在蕭炎的懷中，楚云的眼淚終於止住了。

握著蕭炎的手，楚云說：「跟你說，我去了一趟我的前世，而且，我們真的是夫妻。」

蕭炎沒有反駁她，而是打趣的說：「怎麼我的未婚妻醒來之後，完全變了一個人，變得如此油嘴滑舌。」

這讓楚云撒嬌的對蕭炎出拳。

在夕陽的照射下，他們兩個人的身影，緊緊相依偎。

今生前世，生生世世，陪伴彼此，好幾個來世。

完

國家圖書館出版品預行編目資料

記憶拼圖／藍色水銀、汶莎、765334　合著. —初版.—
臺中市：天空數位圖書　2021.06
　面：14.8*21 公分
　ISBN：978-986-5575-34-2（平裝）

863.57　　　　　　　　　　　　　　　　110009310

書　　　　名：記憶拼圖
發　行　人：蔡秀美
出　版　者：天空數位圖書有限公司
作　　　者：藍色水銀、汶莎、765334
編　　　審：非常漫活有限公司
製 作 公 司：多開卷有限公司
美 工 設 計：設計組
版 面 編 輯：採編組
出 版 日 期：2021 年 06 月（初版）
銀 行 名 稱：合作金庫銀行南台中分行
銀 行 帳 戶：天空數位圖書有限公司
銀 行 帳 號：006-1070717811498
郵 政 帳 戶：天空數位圖書有限公司
劃 撥 帳 號：22670142
定　　　價：新台幣 230 元整

電子書發明專利第　I　306564　號
※　如有缺頁、破損等請寄回更換

紙本書編輯印刷：
電子書編輯製作：
天空數位圖書公司 E-mail：familysky@familysky.com.tw　http://www.familysky.com.tw/
地址：40255台中市南區忠明南路787號30F國王大樓　Tel：04-22623893　Fax：04-22623863

Family Sky